KB104272

거실에 사는 고래

지혜사랑 277

거실에 사는 고래

조옥엽 시집

지혜

시인의 말

항상 그랬다

길은 먼 데 숨어있었다

그 길을 찾아

오늘도 걸음을 멈추지 못한다

보이지 않아 더더욱 매력적인

나를 살게 하는 길

차례

1부

2부

3부

4부

• 일러두기

페이지의 첫줄이 연과 연 사이의 띄어쓰기 줄에 해당할 경우 > 로
표시합니다.

1부

대파꽃

뒤돌아본 적이 없다

한눈팔거나 해찰한 적도

나아가 욕심을 내거나
힘자랑 따원
도대체 생각해 본 일이 없어

오로지 눈 크게 뜨고
외곬으로 하늘만 보고 걸어왔다

오늘 너희 푸른 머리끝에 올린 은빛 왕관

이보다 더 적절한 상을 나는 본 적이 없다

사람만

강아지가 잠꼬대를 하고 있다
잠을 자면서
꾸르륵 꾸르륵 꾹, 새처럼 울고 있다

누군가에게 단단히 혼이 나고 있는 모양이다
억울한 일 때문에 복받친
슬픔이 사그라지지 않고
새록새록 살아나는 모양이다

아무리 다독거려도
그칠 줄 모르는 저 울음

지켜보는 내 마음도
서러움 속으로 빨려 들어가는 저녁

사람만 아파하고
사람만 슬퍼 눈물 흘리는 줄 알았다

오직 사람만, 사람만

자문

공원묘지에 그녀가 누워있다
군데군데 붉은 흙이 드러나는 봉분
우리는 산적과 밀감을 앞에 놓고
술을 따르고 절을 한다
추위가 절정에 달한 정월 초하루
절하는 손가락이 추위에 굳어간다
아이 추워라, 아이고 추워
들려오는 그녀의 목소리 지우듯
돗자리는 강풍에 날아가고 술병이 엎어진다
까마귀는 묘지를 선회하다
아직 휘발되지 못한 그녀의 슬픔
각인시키듯 군데군데 울음을
수제비처럼 떼어놓고 우리는
후다닥후다닥 절을 하고
후다닥후다닥 짐을 챙겨
도망치듯 극지를 빠져나온다
죽은 자도 분명 오늘을 기다려
할 말이 있었을 텐데
운도 못 떼보고 몸을 눕혔을 그녀
누구도 대신하지 못한 사자의 슬픔이
쏴 가슴을 훑고 지나가고
극한의 땅에 내리치는 싸락눈처럼

오차 없이 치고 드는 일상을 위해

그녀를 험지에 떨궈두고 달음질치는

내게 까마귀가 뒤따라오며

네가 그녀와 수십 년 한솥밥 먹고

살았던 사람인가 되묻고 있다

—『문장웹진』, 한국문화예술 위원회, 2023. 8. 16

명절의 인사

설 명절을 며칠 앞두고
홀로 사는 이를 만나고 돌아와 잠자리에 든 밤

잠깐 나눈 대화가
이불깃에서 들썩거린다

명절에 애들은 오겠지요
너무나 당연한 물음에 단호하게 돌아오는 답변

아니요

더는 묻지를 못한다
물을 수가 없다

독거의 명절은 무싯날보다 두 배 세 배 처절해

빈집 헛간에 들이치는 찬비 되어
천 군데 만 군데 구멍을 뚫어놔

사과꽃

설날 집에 온 쌍둥이 손녀들이
집안 곳곳을 휩쓸고 다니느라 분주하다

자기네 집에는 없는 것들
못 본 것들을 쓸어보고 만져보다
가슴에 꼭 끌어안고
이 방 저 방 바삐 돌아다닌다

솟구치는 호기심은 무슨 색일까

사라진 병뚜껑 행방을 묻자
여리여리한 어린 것이
사과꽃 같은 손을 제 가슴에
살짝 얹으며 수줍게 웃는다

천사는 어디에 계시는가

물음에 답하듯 천사들이
우리 집에 오신 설날
모든 게 순간 조명처럼 반짝반짝 빛나고 있다

일 그램의 무게

동사무소에 사망신고를 하러 갔다

직원이 내민 용지에
그녀의 출생 연월일과 사망연월일, 사망 사유

딱 세 칸을 적고 나니 일이 마무리되었다며
직원이 흘끗, 나를 한번 쳐다보더니

다음 대기 번호를 부른다

돌아오는 길 내내 종이 한 장에 담긴
사람의 무게가 머릿속을 떠나지 않는다

지구의 등에 업혀 태양을 아흔두 바퀴나 돌았던 그녀
그 시간을 모조리 쓸어 담은 종이 한 장

꼭 쥐고 집으로 돌아가는 길
어떤 일은 너무 가벼워서 사람을 짓누른다

밥 한 숟갈에도 이르지 못할 무게로 남은 생
일 그램도 채 안 될 생의 흔적이 무겁기만 하다
—『문장웹진』, 한국문화예술 위원회, 2023. 8. 16

가난한 시

늘 바닥이 훤히 보이는 내 쌀통

간당간당 간당간당

어제는 어찌어찌 넘겼으나

오늘도 그럭저럭 넘어가고 있지만

이미 꽉 차버린 치부책

내일은 누구에게 양식을 꾸러 가야 할지

누가 가난한 내게 쌀 한 되박을 꿰 줄지

도통 앞이 보이지 않는다

지동설

요양병원에 누워계신 어르신이
오늘만 내일만 하여
이불을 벗어난 손가락에 낀
금반지를 빼려 했더니
주먹을 꼭 쥐고 돌아눕더라는
이야기를 듣고 돌아온 저녁
이런저런 생각에 캄캄해져
천정을 몇 바퀴나 돌았다
빙글빙글 뱅글뱅글
죽어가면서도 지구는
돈다는 말을 남기고 떠났다는
코페르니쿠스가 떠오르는 밤
그의 말이 아니더라도
지구가 빙빙 돌 수밖에
없는 까닭이 분명해진 밤
나도 덩달아 돌고 있다
빙빙 빙빙

단 한 사람

여보세요
내 말이 채 끝나기도 전에 돌아오는 말

감기 들었구나

엄마다

전화기로 들려오는 딸의 한마디에
금세 딸의 상태를 알아차리는 사람

엄마

이 세상에 단 하나뿐인 사람

엄마

발굴

백마고지에서 유골이 발굴되었다
해와 달의 화살받이가 돼
형체만 남은 허름한 농막 한 채
손대는 순간, 바로
해체되어버릴 듯 위태롭다
엎드려 총을 겨눈 사격 자세로
아직도 전투 중인 병사의 유골
집요한 정신력의 산물인가
잔인한 역사에 대한 항의 표시인가
70여 년을 공포와 두려움과 벌인
사투 끝이 적나라하다
누구도 찾지 않았던 잊힌 목숨
흙구덩이에 몸을 감추고
눈보라와 굶주림에 몸을 내준 채
이 전쟁이 끝나면 고향으로
돌아갈 수 있으리란
일념 하나로 버티다 날아가 버린 생
그 설움 풀길 없어 백골로나마
신분이 밝혀지기를 기원했을 무명의 병사
처절했던 지난 기억을 까맣게 잃어버린
구멍 뚫린 철모와 녹슨 탄피만이
해와 달을 삼키다 공기놀이에 착안

낮과 밤을 가지고 놀았는지
사방에 널려 태평스럽다

칼의 출근길

직설과 직진의 본능으로 똘똘 뭉친

번뜩이는 입술에 흐르는 독기로
과감하게 상대를 제압하는 넌

난폭함과 유순함
음과 양을 동시에 갖춘 독재자

미완의 것들을
완성의 경지로 이끄는 주방의 일인자답게

고요를 깨고 기세등등
등장하는 아침

빠짝 긴장한 식구들이
차렷 자세로 그를 맞는다

겨울밤의 맛

김장용 배추를 집안에 들여놓고 보니
집이 온통 퍼런 배추밭이 되었다
무등산 수박만큼이나 큰 놈들
소금도 많이 먹겠다 싶어
가마니 채 소금을 들어부었더니
아예 남쪽 바다 미역 맛이 났다
미련한 자신을 책하다가
양념한 배추마다 조각낸 무를
끼워 넣고 뚜껑을 덮었다
저희끼리 넘치고 모자란 것들을
주든지 받든지 맘대로 하라고
내 뜻이 통했는지
감쪽같이 표정을 바꾼 김치
서로 성정이 다른 배추와 무가
몸을 섞어 이루어낸 맛의 변화에
룰루랄라 쾌재를 부르다 말고
같은 사람이면서 다른 남편과 나
한집에서 수많은 날을 함께해온 우린
지금까지 무슨 맛을 만들어 냈을까
앞으로는 어떤 맛을 만들어갈까
생각이 깊어지는 겨울밤
눈이라도 오시려는지
창밖엔 구름이 산을 덮었다

폭설

지난밤 하느님이 다녀가셨나 보다

슬그머니 오셨다가
살그머니 돌아가셨나 보다

춥고 배고픈 사람들
배곯지 말고 따뜻하게 살라고

하얀 쌀과 목화솜 이불로
온 세상 구석구석을

하얗게 덮어놓고 떠나셨다

비상한 재주

포근한 겨울날 오후
한가로이 집안을 왔다 갔다
여유를 즐기는데
벽면을 가득 메운 책장이 날 붙든다

안방 문간방 건넛방은 물론
거실 벽면까지 가득 채워진 시집들

하도 많아서 셀 수조차 없는 시집들과
이름조차 외울 수 없는 수백의 시인들

저리 많은 시를 읽고도
저리 많은 시인을 만나고도

제대로 된 시 한 편 내놓지 못했으니
미련한 것도 재주는 재주

참으로 장하고 장하다

명자꽃

산토끼 같은 여자아이 하나

캄캄한 방에 숨어서

문틈으로 바깥세상을 엿보고 있다

살짝 내민 뾰족한 입술에

어른거리는 호기심

어린 가슴이

두 근 반 세 근 반

피아노 건반처럼 뛰는

봄, 봄이다

고두밥과 진밥

나는 고슬고슬한 고두밥을 좋아하고
너는 윤기 흐르는 진밥을 좋아하고

나는 추위를 타고
너는 더위를 타고

나는 틈날 때마다 산책을 하고
너는 틈날 때마다 운동을 하고

나는 채식을 즐기고
너는 육식을 즐기고

나는 오밀조밀한 마음 씀을 바라고
너는 그딴 것엔 도통 관심이 없고

너는 술에서 위안을 얻고
나는 음악에서 위로를 받는

너와 나는 부부

2부

침묵으로 가는 계단

철문을 열자 여행을 마무리한
고인이 만반의 채비를
갖추고 반듯이 누워있다
갑작스러운 여행길에
할 말을 다 못하셨는가
붉은 입술이 삐죽이 열렸다
재출항이 불가능한 폐선 한 척
엔진은 작동을 멈추고 연료도
바닥을 쳐 고요의 극점을 달리고 있다
장례지도사는 가난해진 몸피 채우듯
혼자 견딘 수십 년의 공허를 메우듯
몸을 꽁꽁 묶은 뒤 포장을 한다
목에 단추 하나 채우는 것도
답답해하시던 고인이 미동도 없다
누군가의 환심을 사려 밤낮없이
끌어모으던 풋풋한 향기도
마음 씀도 깡그리 삭제한 고인
누구 하나 여행기를 쓴 적도
읽어본 적도 없는 주검을 앞에 두고
일제히 숨을 죽인 영안실
영원 속으로 침잠한 사자의 모습에
자신들의 내일을 포개보는 창백한 얼굴들

살아온 시간의 질량만큼 무거워지는
침묵의 계단을 내려가는 중인가
고개 들 줄 모른다

이름 붙이기

무슨 뜻일까

수없이 많은 이름 다
제쳐두고 붙여진 이름

망종화

어떤 이름은 평생 벗어날 수 없는
굴레가 되어 사람을 닦달해대지

음으로
양으로 조종하지

본인의 의사를 묻지도 않고
그저 사람들의 편의에 따라 붙였을 이름

망종화

부를 때마다 미안해지는
호명될 때마다 눈물을 흘릴 것만 같은 꽃

망종화

거울 속의 여자

거울 속에서
사람들이 걸어 나온다

하나, 둘, 셋, 넷
한결같이 나를 노려보고 있다

살아오면서 저지른 무수한 실책들
돌이킬 수 없는 허물들이

못처럼 꽝꽝 박혀있는 내 거울

닦아도 닦아도 지워지지 않고
더더욱 생생하게 드러나는 오욕들

깨버릴 수도
뒤로 돌려놓을 수도 없는
정직한 거울 하나

거울 밖의 여자를 매섭게 노려보고 있다
—『문장웹진』, 한국문화예술 위원회, 2023. 8. 1

뻥 가게의 물음표들

복권가게에 들렀더니
중년의 사내들이 책상에 고개를 박고
열심히 복권을 긋고 있다

행복을 찾고 있다
매번 뻥으로 끝날 줄 알면서도
복권을 사고 확인하는 일을 반복하는 사람들

매번 뻥으로 끝날지라도 좋다
이번에도 뻥으로 끝날 것을 잘 알고 있다

그러나 멈출 수는 없다

행복은 쉬이 찾아오지 않는다는 걸
너무나 잘 알고 있으므로

돈이 곧 행복으로 가는 지름길이 돼버린 세상
빈곤이 부르는 죽음을 피하려
발버둥 치는 이들로 붐비는 가게

노력하는 자에게 복이 온다는 말은
참인가 거짓말인가 되묻고 있다

어미의 저울

여기 저울이 있다

먼저 남편의 무게를 잰다

어느 지점에 이르자 숫자판이 딱 멈추어 선다

더는 움직이지 않는다

이윽고 아들의 무게를 잰다

돌고 돌고 돌고

저울은 멈출 줄 모른다

멈추지 않는다

어미에게 아들의 무게를 잴 수 있는 저울은 없다

이승에도 저승에도

습

초저녁에 책을 읽다가
나도 모르게 잠이 들었다
눈을 뜨니 불빛이 환한 방에
음악만이 구름처럼 떠다니고 있다
앞으로 내게 얼마의 시간이
남아 있는지 나는 모른다
그러나 앞으로도 쭉 이렇게
책을 보다 잠깐 잠이 들었다
다시 깨 책을 읽거나
혹은 생각의 꼬리를 따라
근심을 키워나가거나 그걸
덜어갈 묘수를 생각하면서
살아갈 것이다
잠들고 깨는 일을 거듭하다
언젠가는 발끝을 드러낼 생
음지에 드문드문 남은
잔설 같은 슬픔이
하얀 비말을 일으키며 차오르는데
건조한 방에 미니 가습기는
여전히 제 역할에 충실
수증기를 뿜어내고 있다

아들의 사다리

설날 밤, 결혼 4년 만에 세 아이의
아빠가 된 아들이 거실에서 코를 골며 자고 있다

두 팔에서 떨어질 줄 모르는
네 살 아들과 두 살 된 쌍둥이 딸들

한시도 맘 놓지 못하고 이 방 저 방
따라다니기에 바쁜 24시간

때를 놓쳐 식어버린 아침상 앞에 앉아
두어 술 뜨는 둥 마는 둥 다시
애들에게 매달린 얼굴이 왕겨처럼 꺼칠하다

칸칸이 녹록잖은 생들
그 높은 사다리를 곰곰 되짚어보는 저녁

날 선 트랙터가 논밭을 갈고 지나가듯
아들 코 고는 소리가 어미 가슴을 갈아엎는다

큰 병원

해가 떠오르자 도시 한복판에서
잠들었던 공룡이 깨어났다
힘껏 기지개를 켜고 나더니
아가리를 있는 대로 벌려
숨을 들이마셨다 내쉬었다
작업을 시작한다 그때마다
몰려든 사람들이 탐욕스러운
아가리 속으로 흡입됐다
내쳐지기를 반복한다
다들 어디서 왔다가
어디로 흘러가는 것일까
저마다 갖가지 고통의
짐보따리를 짊어진 사람들
누구도 대신해 줄 수 없는
생의 쓰라림은 본인들의 몫
절망의 끝에서 무너졌다가
다시 일어서서 매달리고
사정하고 통곡하다 끝이 나는
풀어헤쳤다 다시 싸맨 보따리
이고 지고 연달아 울리는
사이렌처럼 쏟아져나왔다가 다시
흡입되는 행렬은 끝을 모르는데

마침내 해가 지면서 공룡은 그 거대한
몸뚱어리를 웅크리고 휴식에 들어간다
내일이 오면 삼키고 뱉어낼
생들의 숫자와 고통의 밀도를
점검하다 지쳤는지 드르렁드르렁
요란하게 코까지 골며 잠들었다
—『문장웹진』, 한국문화예술 위원회, 2023. 8. 16

집게벌레

시베리아 한파가 남녘까지 몰아치는 밤

화장실 벽에 집게벌레가 기어오르고 있다
벌레와 한집에서 동고동락할 수는 없는 일

놈을 화장지에 겹겹이 싸서 창밖으로 휙, 내던졌다

이 추운 밤 녀석을 내쫓고
따뜻한 방에 앉아있자니
놈을 죽인 거나 다름없다는 생각이 들면서

나도 누군가가 이 세상에 휙, 던져놓은
하찮은 벌레가 아닐까 하는 생각이
탱자나무 가시 되어 나를 쿡쿡 찌르는데

대답 없는 겨울밤이 으르렁거리며 깊어만 간다

성찬

혼자 있는 저녁
어쩌자고 오직 나 혼자만을 위해
한 번도 해보지 않았던
의식을 해보고 싶은 맘이 동한 저녁
강낭콩 밥을 짓고
미역을 풀어 국을 끓이고
색색의 나물을 무쳐
예쁘게 한 상 차려놓은 저녁
입맛은 어디로 가고
매급시 코끝이 시큰해진다
이날 이때껏 수없이 해왔던 일을
나 자신을 위해서는
단 한 번도 하지 않았던
할 생각을 해보지 못했던
의식을 행하려 단정히 앉아
수저를 들려 하는 저녁
고요가 먼저 수저를 드는 저녁

달래

윤기 자르르 흐르는
기인 머리채가

눈길을 사로잡는 저 여자

실꾸리 풀어놓은 듯
가느다란 허리

바람이 불지 않아도
곧장 쓰러질 듯 위태롭다

일급비밀인 듯
가슴에 품은

눈부신 알 하나

곧 봄이 알을 깨고 나오시겠다

홍당무

누구였을까

정수리에서 발가락에 이르기까지

빨간 물을 들여놓고 떠나간 이

사람이 지나간 자리는

저리도 붉고 붉어

영겁의 시간이 흘러도

지워지지 않을 화인으로 남아

해의 발자국 깊어질수록

새록새록 새록새록

더욱더 붉고 붉어져

핀잔

돌 지난 쌍둥이 손녀들이
내 방에서 놀고 있다
하얀 앞니 두 개를 환히
드러내며 책상에 있는 피부연고를
오른손에 바르고 웃고
왼손에 바르고 웃고
서로 얼굴 쳐다보며 또 웃고
웃음 테이프가 끊이지 않는데
며느리가 들어오더니
냉큼 뺏어 감춰버린다
터지는 울음은 내 몫
그럼 그림 그리고 놀까
볼펜을 쥐여줬더니 다시 벙긋벙긋
이번엔 아들이 불쑥 들어오더니 역시….
그 옛날 할머니와 어머니 모습이
내 앞에 소환된다
당신 수준에서 손녀를 보살피다
핀잔을 듣기 일쑤였던 할머니
오늘 내가 딱, 그 할머니가 된 것
둔감해진 나 자신이 이해가 안 돼
갸웃갸웃 고개를 젓는데
씁쓸함과 실없는 웃음이
동시에 피식피식 터져나온다

후후후 호호호

남편이 귀이개를 찾고 있다
이 방 저 방 왔다 갔다 부산하다

여기저기 서랍이 여닫히는 소리
지은 죄가 있는 나는 모른다고 잡아뗐지만

남편이 눈치채지 못하게
조심하며 내가 쓰고 두었음 직한
장소를 살피고 다니다가

남편과 따다닥, 눈이 마주쳤다

아직 눈치를 못 챈
순진한 남편을 보니
나도 모르게 폭소가 터져 나온다

후후후 호호호
거짓말이 이렇게도 유쾌하다니

3부

찰시루떡

막내아들 손자 녀석
생일이 돌아오면 먹어보려니
먹을 수 있으려니

막내며느리에게 거듭 생일을 물으시던
할아버지는 손자 생일을
며칠 앞두고 돌아가시고

할아버지 속내를 늦게 사 알아차리고
못내 에두러 하시는 엄마의 푸념을 들은 나는

밤마다 꿈속에서
찰 시루떡을 들고 다닌다

할아버지 만나면 드리려고
누가 볼세라
아무도 모르게 등 뒤에 숨겨 들고 다닌다

이장

간밤 악몽이라도 꾼 것일까
영면에 든 사자가 불시에
이승으로 불려 나왔다
장의사는 태양의 화살을 밀어내며
잊힌 이름과 사투를 벌인다
잇따른 호명에 차츰 토막 나는 침묵
번뜩이는 눈초리의 집요한 추적에
마침내 사자가 걸어 나온다
산 자들의 편의에 따라
몸담았던 사랑방을 내주고
막대기가 되고 삭은 공이 되어
갈 햇살에 하얗게 빛나는 고인
모든 생은 소멸을 전제로 탄생하는 것
찬란한 빛 속엔 어둠이
유충처럼 똬리를 틀고 앉아있다
어디에서도 흔적을 찾을 수 없는
정교했던 건축물
폐허가 된 신전에 내 모습이 겹쳐진다
남의 일로만 치부했던
어둠의 골짜기 어디쯤 내가 닿아 있는지
물음표는 끝없이 이어지고 마침표는 행방이 묘연한데
저만치 선 쑥부쟁이가

알 듯 모를듯한 미소를 머금고
나를 빤히 바라보고 서 있다

만월

천신만고 끝에 한 생명을
살려내고 나니
비로소 사람다운 사람이 된 것 같았다는

낯선 이의 시를 읽고

깜깜한 굴뚝 같은 그 사람이
수수 백 년 내리내리
한집에서 살아온 한 식구 같았다

같이 밥을 먹고
같이 잠을 자고

안개 자욱한 먼 산과
마파람에 출렁이는 들녘의 벼를 바라보며
눈을 맞추는 피붙이

몸 한구석에 처박혀
시난고난 목숨을 부지해오던 초승달이
비로소 만월이 되어

둥실 하늘로 떠오르고 있었다
—『문장웹진』, 한국문화예술 위원회, 2023. 8. 16

아침은 또 찾아오고

도대체 어느 별에서 왔는지
알 수 없는 남녀가 우연히
만나 하나의 점이 되고
결혼이란 굴레를 뒤집어쓰고
그럭저럭 살아가다가 마침내
이울어지면서 한 점에서 갈라져
두 점이 되고 서로 왔던
오련한 줄을 따라 걸어 나갔다
마침내 출발했던 별에
당도하면서 그들은 비로소
온전한 하나의 인간이 되었다
둘은 결단코 하나가 될 수 없었다
늘 하나인 척할 뿐이었다
그래야 안심이 되었기에
늦게 사 둘은 자신들의 삶이
번식을 위한 유전자의 이기적인
장난임을 통절히 깨달았다
인생은 사기였다
지구상 모든 것들도
이 카테고리 안에서 돌고 돌뿐
죽음만이 요란한 이 음악극에서
탈출할 수 있는 유일한 문

그렇담 생과 사 사이에 끼어
웃고 울 것도 없다는 결론에
이르게 되는데 창밖엔 어제처럼
어김없이 아침이 찾아들고 있다

집으로 돌아오는 길

광주 아들 집에 들렀다
돌아오려 차에 오르는데
네 살 된 손주 녀석이 운다
할머니 가지 말라고
서럽게 서럽게 운다
많아야 일 년에
너덧 번 보는 게 고작인데
정이 붙었나, 외로웠나
낮에는 온종일
어린이집에서 지내야 하고
밤에만 어미 에비를 보는 녀석
그렇게 살아야 하는 녀석이
그렇게 살아야 하는 아들 부부가
자꾸만 돌아다 봐 지는
집으로 돌아오는 길
가지마 할미, 가지마
손주 녀석 목소리가
등덜미에 착, 달라붙어 떨어지지 않는다

열애

뻥튀기 기계에서
막 뛰쳐나온 땅콩을
소쿠리에 부어놓고 식기를 기다린다

젖어 놓고 기다리고
또다시 젖어 놓고 기다리기를 반복하지만
달구어진 몸들이 영, 식을 줄을 모른다

불덩어리처럼 뜨거웠던
너의 마음은 벌써 식어
살얼음이 칼처럼 끼는데

저 작은 몸뚱어리들은 어쩌자고
이 추운 대한에 저리 뜨거운 기운을
내려 놓을 줄 모르는가

너의 마음도 저 뻥튀기
기계 속에 집어넣었다 꺼내면
달궈지려나
뜨겁게 뜨겁게 달궈져 식지 않으려나

집요한 싸움

순천 아랫장 뻥튀기 난전에
비둘기들이 몰려든다
쫓아내면 휙, 날아올랐다
다시 날아들고 달아났다 또 날아든다

아무리 간짓대를 휘둘러도
소용이 없자
주인이 내뱉는 말

간땡이가 부은 놈들

나는 조막만 한 녀석들
간이 어떻게 생겼는지
부어오른 간땡이는 어떤 모습일지 궁금해져

녀석들을 골똘히 지켜보고 있는데
간땡이는 보이지 않고
아려한 모습만 눈앞에서 어른어른 어른거린다

죄와 벌

어머니 명의의 기초연금과
저소득층지원금을 받기 위해

어머니 사망신고를 하지 않고 가로챈
오십 대 딸을
경찰이 조사 중이라는 뉴스를 듣는다

세상이 무너져 내리는 소리를 듣는다

가난이라는 그물에 갇혀 죽은 자를
백골이 될 때까지
이불 속에 감춰 두고 살아야만 했던 딸

누가 그녀에게 벌을 내리려 하는가
누가 그녀를 나무랄 수 있는가

암흑 같은 시간이 흘러가고 있다

서울 가는 길

일 년에 한두 번 갈까 말까 한
서울이지만 남녘땅에선 늘 멀기만 해
낯선 장소 낯선 사람들 속에
섞인다는 것은 이른바 촌년인 내게는
언제나 외롭고 두려운 일
그때마다 말할 수 없는 고독이
바닥을 치고 올라오는데 예상했던 대로
행사장엔 일면식도 없는 사람들로
복작거리고 낯익은 그가 손을 맞고 있다
어쩌다 보니 내 뜻과 다르게
굴절돼버린 마음길을 펴보려 나선 길
그가 선뜻 손을 내민다
반짝 숨통이 터지려는 찰나 그는
급히 얼굴을 돌려 저만치
걸어오는 이를 향해 인사말을 던진다
몸과 마음이 엇갈린 상황
물거품이 되고 만 바람
울고 싶은 맘 꾹꾹 눌러 담고
숨을 고르다 눈 둘 곳마저
찾지 못해 행사장엔 발도 못 딛고
용산역으로 되돌아와 열차를 기다린다
구겨진 마음이 어찌 단번에 펴지랴

수차례 다림질을 하다보면
어느 땐 간 원래대로 돌아올 거야
다독이며 서러움 삼키는데
캄캄하던 시야에 빛이 들어오는지
비로소 사람들이 보이기 시작한다

다음에 봅시다

케이티엑스 타고 서울 가는 길
옆 통로에선 중년의 사내들 몇이
세상사를 논하고

나는 뜨개질을 하며
여행길의 지루함을 달래고 있는데
간식이 건너온다

자판기에도 없는 사탕 한 알
낯선 이의 마음 씀을 입안에 넣고
이리저리 굴리고 있는데

다음에 봅시다
한 마디 툭, 던지고 그들이 사라진다
생면부지의 사람이 생면부지의
여자에게 던지는 한 마디, 다음에 봅시다

물론 다음에 볼일이 없을 거라는 걸
전제로 던졌을 그 말이
긴 여운을 남기고
기차는 그 말을 지우듯 속도를 내기 시작한다

먼나무 아래 주검

목화송이 같은 함박눈이 날리는 밤
먼나무 아래 고양이가 누워있다
앞 뒷발을 가지런히 모으고
모로 누워 조용히 눈을 감았다
고양이는 살아생전
눈을 무척 좋아했나 보다
눈을 좋아해서 함박눈 오시는 밤
몸을 누이고 잠들었나 보다
마지막 추한 모습을 세상에
보이기 싫어 눈이 오시는 날
먼 나라로 떠났나 보다
하얀 시트로 침대를 덮듯
함박눈이 녀석의 차디찬
몸을 덮어주고 있다
춥지 말라고 뒷일일랑
걱정하지 말고 편히 가라고
녀석의 마지막 소원을 들어주고 있다
주검을 지우고 있다
—『문장웹진』, 한국문화예술 위원회, 2023. 8. 16

그럭저럭

지구 저쪽에서 지진으로
수천 명이 죽어 나간다는
비보가 뜬 날
나는 이런저런 걱정으로 하루 치
근심의 물동이를 채우다
그나마 죽지 않고 살아있으니
다행 아니냐고 자신을 다독인다
날아가 버린 집터에서
핏줄을 잃고 추위에 떨며
울부짖는 사람들, 마음 한구석에선
죄스러운 마음이 일지만
그들을 보며 가라앉히는 근심
세상 사람들도 나처럼
남들의 불행을 보고
안으로 자신을 다스리며
그럭저럭 살아가는 것일까
위를 올려다보지 않고
아래를 내려다보며 개떡 같은
날들을 쓰다듬고 다독여 가며
그럭저럭 하루하루를

허울링

아들이 키우다 두고 간 우리 집 강아지
줄곧 거실에 엎드려
종일 나를 지켜보는 게 일과다
내가 안 보이면 화장실까지 좇아와
확인하고 나서야 홀홀 돌아간다
그래야 저도 안심이 되는 모양이라
기특해서 물고 빨고
하루가 어떻게 지나가는지 모른다
그러던 녀석이 아들이 오면 급변
난 안중에도 없다
오로지 아들한테만 착 달라붙어
안방으로 건넛방으로 화장실로
쫄랑쫄랑 쫄랑쫄랑
그러다 아들이 가고 나면
애간장이 끊어질 듯 고개 쳐들고
애절하게 허공을 향해 울부짖는다
오 우우-우우 오 우우-우우
오 우우- 우우 오 우우-우우
이럴 때 녀석의 몸은
어디로 가고 오로지 애타는 마음만
둥둥 허공을 풀씨처럼 떠다닌다
그 누구도 범접할 수 없을 신성

누구였을까

개 같은 인간이라는 말을 뱉어낸 이는

빙글빙글 뱅글뱅글

강아지란 놈이
꼬리를 쫓고 있다

제 꼬리를 쫓아 빙빙빙 뱅뱅뱅

아무리 돌고 돌아도
잡힐 듯 잡히듯
잡히지 않는 꼬리

너와 나의 소망도

곧 잡힐 듯 잡히지 않는
강아지 꼬리

오늘도 내일도
돌고 도는 강아지 꼬리

또 하나의 근심

눈 못 뜨는 강아지를 안고
이른 아침, 전주 큰 병원 가는 길
남원골 들어서니 들녘 곳곳에
눈이 내려 아침 햇살에 하얗게 빛나고 있다

창밖 풍경은 다른 나라 이야기인 듯
신비롭기만 한데 마음은 무겁기만 하다

포도알처럼 둥글둥글 똥그란 눈

내가 그렇게도 사랑하는
그 눈을 뜨지 못한 채
속눈썹 사이로 게슴츠레 날 쳐다보는 녀석

낯선 초행길에 저도 근심이 되는지
제 몸의 이상 증세가 나만큼이나
두렵고 무서운지 계속 몸을 떨며
으으으 으으으 속울음을 물고 놓지 못한다

어느 생의 깊고 깊은 인연인가
지금 내 품에 안겨 떨고 있는 이 녀석은
사람이 아니지만 내가

사람보다 더 사랑하게 된

긴 여행길이 고단한지
긴장이 피로를 불렀는지
빨간 혀를 입술인 양 쏙 밀어낸 채
내 품에 고개를 묻고 잠들었다

4부

자조

우유 한 모금 마시려

가스렌즈에 올려놓고

시를 쓰다 나가보니

벌써 우유는 하늘로 내빼 버리고

시커먼 냄비만 달랑 남겨 놓았다

우유 한 컵 값도 안 되는

시를 쓰다가 흠흠, 시를 쓰다가

가을

이맘때가 되면 다 그런 걸까

바람 앞에
벌거숭이가 되어

잊고 있었던 사람
잊고 있었던 시간이

불쑥 문을 밀고
쳐들어오는 것일까

내가 그들을 생각하고
아쉬워하고 그리워하듯

그들도 그리움의
날들을 겪고 있는 것일까

고개 저어 털어
내버리고 싶은 사람보다

생각나는 사람이
더 많아지는 이 가을

나이 숫자만큼 그리움이 자라고 있다

재생

공사를 하느라 자갈밭에
옮겨심은 수국이 말라 죽어버렸다
화단을 지나갈 때마다
떨어지지 않는 눈길
마치 지극히 사랑하던 이를
잃은 것처럼 밀려드는 서글픔
지난겨울 눈밭 속에서
마음을 다잡은 것일까
경칩 날 아침 그리움에
쪼그리고 앉아 비쩍 마른 밑동을
한참 동안 들여다보는데
죽은 가지들 사이에서 손톱만 한
움들이 조심조심 올라오고 있었다
가슴 깊은 곳에서
조용히 터져 나오는 탄성
온몸을 휘감는 이 전율
내 안의 내가 콩 타작마당의 콩처럼
콩콩 콩콩 뛰고 있다

고래

남편이 거실에서 자고 있다
오늘은 어느 바다를 헤엄치다가
귀향했는지 탈탈거리는 엔진소리가
한밤의 멱살을 잡고 흔든다
몸 누일 둥지를 틀고
식구를 먹여 살린다는 건
거친 바다에 몸을 던지는 일
어둠을 뚫고 용케
어리바리한 물고기 몇 마리
건져 올려 하루를 접고 짠물에
절은 삭신 막걸리 몇 잔으로
달래 바닥에 눕히고 잠든 남편
잠결에도 압박감에 짓눌려
바다와 교신 중인지 간간이
미간을 찌푸린다
하루 치의 엔진오일을
보충하고 소진하는 과정으로
수수 년 이어져 온 생
숱한 고비들을 넘기고 다시
이어지는 날들이 기적 같은데
충전을 다 마쳤는가
뱃고동 소리 내뿜던 거실은 고요해지고

나는 주유기를 빼 제자리에
돌려놓고 정적이 주는 평화를
양손에 꼭 쥐고 돌아눕는다
—『문장웹진』, 한국문화예술 위원회, 2023. 8. 16

둔감

분갈이를 한다
산 건지 죽은 건지
도무지 알 수가 없는
물봉선을 들어내고
고무나무를 심을 작정이다
비쩍 마른 녀석을
끌어내고 화분을 뒤집어엎자
물컹한 흙반죽이 쏟아진다
모든 현상에는 원인이 있다
녀석이 물속에서 첨벙거리며
살려달라고 소리치고 있었는데
나는 계속 물을 퍼부으며
남들처럼 넘실넘실 안 크고
뭐하냐고 닦달을 해 댔으니
녀석은 내가 다가갈 때마다
얼마나 난감했을까
꼬챙이 같이 말라붙은
몸이 바로 녀석의 강력한
의사 표현이었을 텐데
눈치코치 없이 둔하게 군 내가
내 **뺨**을 철썩철썩 때리는 아침이다

4월의 아침

나뭇가지를 일부러 흔들어
깨우지 않아도 벚꽃잎이
사방에 날리는 4월의 아침이다
앉을 자리 설 자리
가리지 않고 나비 되어
훨훨 날아드는 아침이다
오래전 바다 건너갔던 남편이
돌아온다는 꿈 같은 소식에
나뭇가지를 흔들어 집안을
꽃잎으로 아롱다롱 장식하고
남편을 기다렸다는 나비부인이
생각나는 4월의 아침이다
남편이 어떤 소식을 들고
오는 줄도 모르고 마냥
부풀어 나비처럼 날았던
나비부인이 부드러운 꽃잎 속에서
나풀나풀 하늘하늘 걸어 나오는
4월의 아침, 어제의 그녀도
오늘의 우리도 내일 일을
모른다는 것은 어쩌면
가엾은 사람들을 위한 신의
배려일지도 모른다는 생각이

벚꽃잎 날리듯 훨훨 날아드는
4월의 꿈결 같은 아침이다

답을 찾아라

어둠이 짙어지면 어둠의
깊이만큼 생각도 깊어져
지나온 길 더듬어가다 보면
정체 모를 어떤 손이 나를
예까지 끌고 왔음을 절감한다
정해진 수학 공식처럼
공부를 하고 취직을 하고
결혼을 해 아이들을 낳고
이런저런 시행착오와 갈등이
빚어낸 암흑의 터널 속에서도
시간은 급류처럼 흘러 애들은
제 길 찾아 흩어지고
가난해진 혼자 몸이 되고 나서야
누군가의 억센 손아귀에서
놓여난 듯한 안도감과 원 밖으로
퉁겨져 버린 듯한 허탈감이
동시에 치고 들면서 그 허점을
뚫고 달려드는 불면과 탈탈거리는
몸이 폐차 직전의 화물차처럼
근심을 재생산해 내는 이즈음
이 모든 게 계획된 유전자의 장난에 아닐까
겹겹의 물음표가 쌓이는데

창밖 느티나무가 달빛을 밟고
걸어와 조심스레 말문을 튼다

강아지와 물음표

녀석이 캄캄한 구석에 숨어 도통 나오지 않는다

평소와 다른 녀석의 태도에
달력을 보니 4월이다

때가 닥친 것이다

발 딛는 곳마다 떨어지는
눈물 같은 핏방울들

저 어린 것이
저 작은 것이

한 번도 본 적 없는
거대한 손에 질질 끌려가며

어둠에 몸을 숨기고
제가 누구인지 묻고 있다

천형인지 천복인지

인간인 나도 아직 답을 얻지
못한 의문에 물음표 하나를 척, 얹고 있다

합장

아버지가 무덤 앞에 무릎
꿇고 앉아 축문을 읽으신다
반백 년을 이산가족으로 지내시던
부모님 주검을 거두어 합장을 마치고
떨리는 목소리로 축문을 읽고 계신다
아들 음성을 들어보기 그 얼마만인가
꿈인 듯 반가웠을 사자들은 기척이 없고
바람의 저항에 무명실 같은 목소리만
봉분에 손가락을 얹다 말고 흩어진다
한지로 꽁꽁 싸맨 두 구의 주검
굴착기로 파낸 흙방에 나란히 누이고
푸릇한 잔디를 덧입혀 매조지를 했다
우리는 상석에 제수를 올려놓고
넙죽 엎드려 절을 올린다
살점 하나 남아 있지 않은 사자
맛있게 드시고 술도 한 잔
쭉 들이켜시고 기운 차리시라고
차디찬 산바람에 백발을 휘날리며
당신의 숙원이던 부모님 합장을 끝낸
아흔 줄의 아버지는 힘에 부치셨든지
코피까지 흘리시고 연달아 해묵은
기침을 토해내신다

당신도 저 차고 캄캄한 방으로
들어갈 날 목전에 이르렀음을
온몸으로 절감하고 계시는가
집에 돌아와서도 흙투성이 바지도
갈아입지 않은 채 퀭한 눈에
회한의 그림자 드리운 채
해 떨어지는 산마루만 한하고 바라보고 계신다

바지락

바지락국을 끓인다
지갑처럼 꼭 닫았던 입술들이
열리면서 드러난 두툼한 육질들
거리낄 것 없다는 듯
옷을 벗은 나신들이 마치 탈의실을
조용히 오가는 알몸들 같다
굳게 닫혔던 문을 따고 빠져나온 국물은
금방 치댄 햅쌀이 쏟아낸 뜨물처럼
뽀얀데 우윳빛 국물 아래쪽에서
검은빛이 서서히 올라온다
건더기를 건져내고 국물을 따라내자
바닥에 가라앉은 검은 흙 알갱이와
함께 나타난 겁먹은 바지락 하나
꼭 다문 주둥이를 열자
입안 가득 검은 흙을 물고 있다
얼마나 안간힘을 쓰며 버텼을까
얼마나 두렵고 무서웠을까
차마 제 몸을 열어 보일 수 없어
이 악물고 버텼을 녀석
누군가 입을 열지 않을 땐
다 그만한 이유가 있다고 고백하는 듯한
녀석을 미워할 수만은 없어 바라보는
마음이 물먹은 흙처럼 무겁다

너는 누구냐

봄볕이 뇌를 파고들면서
삭신이 삭은 고무줄이 된 날
묘수가 없을까 궁리하다가
장을 봐다 국을 끓인다
먼저 콩기름에 고춧가루를 넣고
달달 볶다가 소고기를 넣고
뒤적뒤적, 둘이 얼추 하나 되어
잘 돌아간다 싶어지면 물을 붓고
각종 나물을 넣고 끓기를 기다렸다
양념과 들깻가루를 넣어 간을 맞춘다
한입에 딱 떨어지면 성공한 거고
자꾸 다른 것을 추가해라
요구해오면 실패작이다
느른한 봄날 묘약 한 솥
끓여놓고 침 넘어가는 향긋한
주인공을 향해 수저를 드는데
아뿔싸 이게 뭐지 도무지
이름이 생각나질 않는다
그렇다고 너 누구냐고 물어볼
수도 없는 노릇, 우선 먹고 보자고
뚝딱, 한 그릇 비우고 나니 비로소 살만한데
가출한 이름은 여전히 돌아오지 않는다

약속

어릴 때도 지상의 것들은
영원하지 않다는 것을 알았을까
초등학교 때 친구들 몇이
어울려 놀다가 해가 저물었다
어스름이 몰고 온 쓸쓸함 때문이었을까
운동장 한구석에 머리를 맞대고
둘러앉아 우리 영원히 변치 말자고
약속했던 일이 새삼스레 떠오른다
진학과 동시에 모두 흩어지고
지금껏 살면서 더러 궁금해지는
순간 없진 않았으나 찾아보지
않은 것은 아마도 다들 변심했다는
증거가 아니겠는가
성인이 되어서는 변하는 것이
당연한 세상 이치라는 것을 알고
애당초 그런 약속을 하지 않지만
가끔은 영원한 사람 한둘쯤은
곁에 두고 싶은 맘이 아직도 살아 꿈틀거린다
사람이 사람을 찾는 일은
어쩌면 당연한 일이고 우리네
생이란 게 죽는 날까지 사람을
찾아가는 과정일진데 뒤통수 맞을수록

길이 가까워졌을 거라는 믿음에
오늘 아침에도 선뜻 눈이 떠진다

그 밤

봄비 내리는 밤
끊어졌다 이어지고
이어졌다 끊어지는
봄비 같은 사람 하나
만나고 돌아오는 길이었다
봄비 같은 사람의 어둠을
생각하며 어둠에 젖어
돌아오는 길이었다
초록 신호 깜박이는 건널목으로
자동차가 돌진해오고
까아악 극단의 비명이 터지는
경악의 순간 저승과 이승의
불이 동시에 켜졌다 꺼지는
비 내리는 밤이었다
봄비 같은 사람 하나
만나고 돌아오는 길
그 사람의 색깔이 해일처럼
그렇게 나를 덮친 슬픈 밤이었다

숲속 우체통

봉화산 오솔길에
누가 세워 놓았을까

다리가 긴 **빨간** 우체통

누군가에게 편지를 쓰고 싶게 만드는
써야 할 의무감을 떠올리게 하는
색깔도 예쁜 **빨간** 우체통

그리웠지만

편지 한번 안 하고
살아왔던 사람을 문득
떠올리게 하는 빨간 우체통

오늘도 그냥 지나간다

나를 두고 간다
너를 두고 간다

이름

누가 이름 붙였을까

듣기만 해도 절로 입이 헤 벌어지는
바우, 바우, 말바우
부를수록 입에 감기는
되뇌다 내가 바우가 돼버릴 것 같은

안 가도 그만 가도 그만일 그곳
저녁이면 보리쌀 끓어오르는 냄새가
골목을 어슬렁거리며 걸어 다니는

패스트푸드점도
고층 아파트도 없는

어제도 오늘도 가난한 사람들이
지붕 낮은 집에 모여앉아 저녁을 먹고 있을 것만 같은

한나절 뒹굴뒹굴 구르며
닳고 닳은 싸리 빗자루 같은 나를 풀어놓고 싶은 곳

바우, 바우, 말바우

사소한 삶과 죽음을 이해하기 위하여

조동범 문학평론가

사소한 삶과 죽음을 이해하기 위하여

조동범 문학평론가

   삶은 사소함으로부터 비롯되는 법이다. 그리하여 시인은 아무 것도 아닌 듯 무심하게 펼쳐진 삶의 순간을 바라보고자 한다. 시인의 어조는 비장하거나 열에 들뜨지 않고 담담하고 담백하다. 조옥엽 시인이 응시하는 세계는 우리의 삶과 가장 가까이 있는 것들이다. 시인은 언뜻 사소해 보이는 작은 단위의 사건을 어루만지는데, 시인의 음성을 따라 삶은 이렇게 우리 앞에 모습을 드러낸다. 이때 삶은 담장 밑에 핀 작은 꽃처럼 가련한 모습이기도 하고 애틋한 마음을 갖게 하는 존재가 되기도 한다. 삶은 사소함이고, 사소한 삶이 진실에 가장 가까운 것임을 시인은 알고 있다.

   그리하여 시인의 음성은 간결하고 꾸밈이 없다. 그것은 마치 저물녘의 거리를 산책하는 이의 시간처럼 우리 앞에 펼쳐진다. 거기에는 슬픔과 회한, 북받침과 기쁨, 상처와 고통 등 여러 감정이 어제인 듯 오늘인 듯 아무 말 없이 서성일 따름이다. 하지만 조옥엽 시인의 시가 갖고 있는 사소함은 가치 없음으로 전락하지 않는다. 시인은 사소함 속에 숨어 있는 삶의 진실을 발견하고자 애쓴다. 그러나 조옥엽의 시는 여기서 멈추지 않는다. 그의 시는 죽음을 향해 나아가고 수렴됨으로써 우리 삶이 지니고 있는 사소함이 결코 가볍지 않다는 점을 명백히 하고자 한다. 그리하여 사소함으로부터 이어진 죽음은 삶의 본질이 무엇인가에 대한 본질적인 질문을 던지며 시적 긴장감을 형성한다.

늘 바닥이 훤히 보이는 내 쌀통

간당간당 간당간당

어제는 어찌어찌 넘겼으나

오늘도 그럭저럭 넘어가고 있지만

이미 꽉 차버린 치부책

내일은 누구에게 양식을 꾸러 가야 할지

누가 가난한 내게 쌀 한 되박을 꿰 줄지

도통 앞이 보이지 않는다
—「가난한 시」 전문

시인은 삶의 무연함을 파악하고 그것의 정처 없음을 깨달는다. 아무 것도 아닌 것이 삶이라는 사실은 너무나 당연한 것일지도 모른다. 삶은 특별한 사건의 연속이 아니다. 우리 삶은 사실 사소한 것들로 가득하며, 의미를 부여받지 못한 날들의 연속일 뿐이다. 그리하여 삶은 꾸역꾸역 밥을 먹는 것처럼 전개되기 마련이다. 당연히 이러한 삶은 비루함으로 가득한 세계일 수밖에 없다. 밥을 먹듯 견디는 삶이야말로 우리를 둘러싼 삶의 진짜 모습인 것이다. 그런 점에서 "바닥이 훤히 보이는" 쌀통을 앞에 둔 화자의 삶은 비루함의 극단을 보여준다.

"간당간당"한 쌀통을 앞에 두고 끼니를 걱정하는 것은 견디기 힘든 삶의 비애이다. 누군가에게 "양식을 꾸러" 가야 하는, "누가 가난한 내게 쌀 한 되박"을 줄지 걱정하는 삶은 우리가 늘 마주치는 고통의 순간이다. 이처럼 일상화된 비애가 진짜 삶이라는 사실을 시인은 잘 알고 있다. 그리하여 삶을 이어가기 위한 한 그릇 밥조차 구할 수 없는 것이 우리가 속한 세계의 실체라고 말하려고 한다. 더구나 한 그릇 밥의 부재를 경험하며 느끼는 고통은 우리 삶의 일상과 맞닿아 있기 마련이다. 그런 가운데 삶이 전달하는 슬픔과 비애는 더욱 강하게 작동한다. 그러나 시인의 음성은 담담하게 그것이 바로 삶이라고 이야기할 뿐이다.

남편이 거실에서 자고 있다
오늘은 어느 바다를 헤엄치다가
귀향했는지 탈탈거리는 엔진소리가
한밤의 멱살을 잡고 흔든다
몸 누일 둥지를 틀고

식구를 먹여 살린다는 건

거친 바다에 몸을 던지는 일

어둠을 뚫고 용케

어리바리한 물고기 몇 마리

건져 올려 하루를 접고 짠물에

절은 삭신 막걸리 몇 잔으로

달래 바닥에 눕히고 잠든 남편

잠결에도 압박감에 짓눌려

바다와 교신 중인지 간간이

미간을 찌푸린다

―「고래」 부분

　오늘날 예술의 당위는 무의미해 보이는 것의 의미를 포착하는 것으로부터 비롯된다. 작가는 평범한 삶에 가치를 부여하고 그것에 미적 의미를 덧붙여 작품화한다. '사건'을 통해 작품을 전개하는 방식보다 '사건'이 없는 세계를 통해 작품 속 의미를 파악하고자 한다. 책상 위에 놓인 펜이나 해변의 작은 돌멩이와 같은 것들로부터 이야기가 전개된다. 이와 같이 등장하는 작품 속 이야기는 때로 쓸모없어 보이기까지 한다. 시 역시 마찬가지다. 거대 담론조차 일상의 사소함을 통해 말하는 것이 시를 포함한 오늘날 예술의 발화 방법이다. 조옥엽의 시 역시 그렇다.

　조옥엽 시의 매혹은 아무 것도 아닌 삶의 순간을 포착하는 데 있다. 그것은 어쩌면 매혹의 반대 지점에 놓인 것들이라 할 수 있지만, 시인은 그것으로부터 미적 감각을 길어 올린다. 그리하여 무심한 듯 던지는 시인의 시선은 가장 치열

한 삶의 한가운데를 관통하며 나아간다. 거실에서 자고 있는 남편으로부터 시작한 세계는 바다로 이어지며 원형과 맞닿은 세계로 확대되기에 이른다. 잠이라는 사소한 일상과 바다라는 원형적 삶이 이어지며 시적 세계관은 보다 넓은 지평을 갖게 된다. 언뜻 보기에 "절은 삭신 막걸리 몇 잔으로" 달랜 남편이 바닥에 잠든, 아무 것도 아닌 모습을 제시하고 있지만 「고래」에 등장한 잠의 깊이와 너비는 남다르다. 잠을 통해 우리 앞에 당도하는 것은 바다와 같은 확장된 사유의 지점이다. 시인은 사소함을 말하지만 그 안에 담긴 것들은 결코 사소하지 않다고 할 수 있다. 그것은 초저녁 잠을 형상화한 다음 작품에서도 여지없이 드러난다.

초저녁에 책을 읽다가
나도 모르게 잠이 들었다
눈을 뜨니 불빛이 환한 방에
음악만이 구름처럼 떠다니고 있다
앞으로 내게 얼마의 시간이
남아 있는지 나는 모른다
그러나 앞으로도 쭉 이렇게
책을 보다 잠깐 잠이 들었다
다시 깨 책을 읽거나
혹은 생각의 꼬리를 따라
근심을 키워나가거나 그걸
덜어갈 묘수를 생각하면서
살아갈 것이다
잠들고 깨는 일을 거듭하다

언젠가는 발끝을 드러낼 생

음지에 드문드문 남은

잔설 같은 슬픔이

하얀 비말을 일으키며 차오르는데

건조한 방에 미니 가습기는

여전히 제 역할에 충실

수증기를 뿜어내고 있다

　　―「습」 전문

　시인은 삶이 사소하다고 말하고 싶은 것일지도 모른다. "초저녁에 책을 읽다가" 잠이 든 모습은 지극히 평범한 삶의 순간이다. 잠이 들었다 깨다를 반복하며 책을 읽거나 생각을 하는 것에 '사건'은 존재하지 않는다. 텅 빈 방에는 그저 "수증기를 뿜어"내는 가습기만 있을 뿐이다. 아무런 사건이 없지만 「습」을 읽는 이들이라면 이것이야말로 우리 삶의 진짜 모습임을 깨닫게 된다. 더구나 조옥엽의 시는 '사건' 없는 일상을 제시하고 그것으로부터 의미를 말하는 데 그치지 않는다. 시인은 평범한 삶의 끝에 죽음이 있음을 인식하고 그것을 말함으로써 삶을 완성하려고 한다.

　삶의 끝에는 죽음이 놓이기 마련이다. 그래서인지 조옥엽 시인 역시 죽음으로서의 삶의 모습을 시집 곳곳에 배치하고 있다. 시집 전체 분량 중에 죽음을 다룬 작품은 많지 않지만 죽음이 시집 전반을 장악하는 주요한 정서임은 부인하기 힘들다. 이 시집에서 죽음은 다양한 양상으로 재현된다. 개인적 죽음은 물론이고 사회적 죽음을 다루고 있을 뿐만 아니라 삶의 마지막에 맞닥뜨리는 죽음과 함께 오래

전의 죽음을 담담하게 말하기도 한다. 이처럼 죽음은 다양한 양상으로 다가오며 삶 이후의 문제를 탐문한다. 그러나 시인은 죽음 역시 거대한 '사건'으로 파악하지 않으려는 태도를 견지한다.

동사무소에 사망신고를 하러 갔다

직원이 내민 용지에
그녀의 출생 연월일과 사망 연월일, 사망 사유

딱 세 칸을 적고 나니 일이 마무리되었다며
직원이 흘끗, 나를 한번 쳐다보더니

다음 대기 번호를 부른다

돌아오는 길 내내 종이 한 장에 담긴
사람의 무게가 머릿속을 떠나지 않는다

지구의 등에 업혀 태양을 아흔두 바퀴나 돌았던 그녀
그 시간을 모조리 쓸어 담은 종이 한 장

꼭 쥐고 집으로 돌아가는 길
어떤 일은 너무 가벼워서 사람을 짓누른다

밥 한 숟갈에도 이르지 못할 무게로 남은 생
일 그램도 채 안 될 생의 흔적이 무겁기만 하다
―「일 그램의 무게」 전문

죽음은 거창한 무엇이 아니다. 그것은 그저 삶의 한 순간일 뿐이다. 죽음 너머에 무엇이 있는지 우리는 알지 못하지만 남겨진 자들의 시간 속에서 죽음은 삶이 되어 이어진다. "동사무소에 사망 신고를 하러" 간 것은 산 자의 시간이다. 산 자가 죽음을 호명할 때, 보이지 않는 죽음은 실재화 한다. 죽음은 삶의 순간을 통해 비로소 명확한 사건으로 남게 된다. 우리가 생각하는 죽음은 크고 무거운 것이다. 하지만 죽음은 "출생 연월일과 사망 연월일, 사망 사유" 세 가지로 간단하게 완성된다. "딱 세 칸을 적고 나니" 삶은 종료되고 죽음만이 오롯이 남는다. 시인은 사소하게 완성되는 죽음을 통해 삶의 덧없음을 우리에게 말하려 한다. 그리고 이와 같은 죽음은 이곳저곳에서 연이어 나타난다. 모든 죽음은 이렇게 아무 것도 아닌 삶의 마지막이 되며 스스로의 모습을 완성한다. 그런 죽음 앞에 남은 삶은 "밥 한 숟갈에도 이르지 못할 무게"에 불과할 정도로 비루할 뿐이다.

> 철문을 열자 여행을 마무리한
> 고인이 만반의 채비를
> 갖추고 반듯이 누워있다
> (…)
> 장례지도사는 가난해진 몸피 채우듯
> 혼자 견딘 수십 년의 공허를 메우듯
> 몸을 꽁꽁 묶은 뒤 포장을 한다
> ―「침묵으로 가는 계단」 부분

> 아버지가 무덤 앞에 무릎

꿇고 앉아 축문을 읽으신다
반백 년을 이산가족으로 지내시던
부모님 주검을 거두어 합장을 마치고
떨리는 목소리로 축문을 읽고 계신다
아들 음성을 들어보기 그 얼마만인가
꿈인 듯 반가웠을 사자들은 기척이 없고
바람의 저항에 무명실 같은 목소리만
봉분에 손가락을 얹다 말고 흩어진다
　　　　　　　　　　—「합장」 전문

공원묘지에 그녀가 누워있다
군데군데 붉은 흙이 드러나는 봉분
우리는 산적과 밀감을 앞에 놓고
술을 따르고 절을 한다
(…)
그녀를 험지에 떨궈두고 달음질치는
내게 까마귀가 뒤따라오며
네가 그녀와 수십 년 한솥밥 먹고
살았던 사람인가 되묻고 있다
　　　　　　　　　　—「자문」 전문

　우리가 맞닥뜨리는 죽음은 대체적으로 가까운 이들에게
닥친 일이다. 따라서 우리가 경험하는 죽음의 양상 역시 대
부분 사적인 체험을 동반하며 다가오기 마련이다. 그런 점
에서 조옥엽 시인의 시 속 죽음 역시 가족이나 지인과의 관
계에서 비롯된 것이 많다. '나'와 관계를 맺었던 이들의 죽

음은 '나'의 삶과 연결되며 지상의 이야기를 풀어놓는다. 어떤 점에서 죽음은 '그들'에게 닥친, 타자의 일이 아니라 '우리' 모두의 이야기이다. 시인은 타인의 죽음을 자신의 삶 속에서 이해하고 수용하려고 한다. 이것을 통해 죽음에 대한 시인의 애정 어린 시선을 느낄 수 있다. 시인이 인식하는 죽음이 '나'와 상관없는 타자의 사건이 아니라 자신과 관계를 맺는 것이기 때문이다. 그렇다고 죽음에 대한 시인의 인식이 축소 지향적인 것은 아니다. 타인의 죽음에 깊은 애정을 갖고 있는 시인은 자신과 인연이 전혀 없는 이들의 죽음까지 안타까운 마음으로 바라본다. 그것은 공적인 양상을 띤 죽음을 대할 때도 마찬가지다. 시인은 공적인 양상의 죽음에 담긴 사적 양상의 가슴 아픈 사연에 주목한다.

백마고지에서 유골이 발굴되었다
해와 달의 화살받이가 돼
형체만 남은 허름한 농막 한 채
손대는 순간, 바로
해체되어버릴 듯 위태롭다
엎드려 총을 겨눈 사격 자세로
아직도 전투 중인 병사의 유골
집요한 정신력의 산물인가
잔인한 역사에 대한 항의 표시인가
70여 년을 공포와 두려움과 벌인
사투 끝이 적나라하다
누구도 찾지 않았던 잊힌 목숨
흙구덩이에 몸을 감추고

눈보라와 굶주림에 몸을 내준 채

이 전쟁이 끝나면 고향으로

돌아갈 수 있으리란

일념 하나로 버티다 날아가 버린 생

그 설움 풀길 없어 백골로나마

신분이 밝혀지기를 기원했을 무명의 병사

처절했던 지난 기억을 까맣게 잃어버린

구멍 뚫린 철모와 녹슨 탄피만이

해와 달을 삼키다 공기놀이에 착안

낮과 밤을 가지고 놀았는지

사방에 널려 태평스럽다

—「발굴」 전문

    여기 또 다른 죽음이 있다. 사연은 알 수 없지만 전쟁이라는 '대의' 속에 삶을 바친 죽음이 있다. 무감각한 일상 속 죽음과 전쟁 속 죽음은 사뭇 다르다. 무엇인가를 위해 싸웠다는 점에서, 전쟁 속 죽음은 보다 큰 의미로 다가오는 경우가 있다. 그러나 그들의 삶 역시 이름 없이 살다가 이름 없이 죽음에 이르렀다는 점에서 다른 이들의 죽음과 다르지 않다. 전쟁이라는 공적 사건과 결부된 죽음이라고 해서 사적인 슬픔이 제거된 것은 아니다. 그런 점에서 모든 죽음은 지극히 사적인 것일 수밖에 없다. 사상도 정치도 우리의 삶속에서 아무 것도 아닐 수 있음을 시인은 알고 있다. 그 때문에 시인은 줄곧 아무 것도 아닌 삶의 순간을 포착하여 말하고자 한다.

지구 저쪽에서 지진으로

수천 명이 죽어 나간다는

비보가 뜬 날

나는 이런저런 걱정으로 하루 치

근심의 물동이를 채우다

그나마 죽지 않고 살아있으니

다행 아니냐고 자신을 다독인다

날아가 버린 집터에서

핏줄을 잃고 추위에 떨며

울부짖는 사람들, 마음 한구석에선

죄스러운 마음이 일지만

그들을 보며 가라앉히는 근심

세상 사람들도 나처럼

남들의 불행을 보고

안으로 자신을 다스리며

그럭저럭 살아가는 것일까

위를 올려다보지 않고

아래를 내려다보며 개떡 같은

날들을 쓰다듬고 다독여 가며

그럭저럭 하루하루를

―「그럭저럭」전문

공적인 죽음을 끌어안은 시인의 시선은 이제 "지구 저쪽" 지진으로 "수천 명이 죽어 나간다는" 곳으로까지 이어진 다. 시인의 주된 관심사는 일상의 영역인 것처럼 보이지만 그렇다고 그것이 개인적인 관점에만 머무는 것은 아니다.

바로 여기에서 세계에 대한 조옥엽 시의 지향 의지와 태도를 엿볼 수 있다. 그것은 나로부터 시작하여 "남들의 불행"으로 나아가고자 하는 의지이며, 내부에서 외부로 나아감으로써 보다 큰 세계에 닿고자 하는 시인의 확고한 신념이기도 하다. 여기에 이르러 놀라운 것은 시 전반에 걸쳐 나타난 사소한 삶의 국면을 바탕으로 개인적 차원을 넘어서는, '사건'으로서의 죽음을 이끌어낸다는 점이다. 조옥엽 시의 죽음은 점층적인 양상으로 전개된다. 삶의 사소한 지점으로부터 전개된 죽음은 일상 속 장면에서 시작되지만 이내 확장되어 사회적 죽음으로까지 나아간다.

공사를 하느라 자갈밭에
옮겨 심은 수국이 말라 죽어버렸다
화단을 지나갈 때마다
떨어지지 않는 눈길
마치 지극히 사랑하던 이를
잃은 것처럼 밀려드는 서글픔
지난겨울 눈밭 속에서
마음을 다잡은 것일까
경칩 날 아침 그리움에
쪼그리고 앉아 비쩍 마른 밑동을
한참 동안 들여다보는데
죽은 가지들 사이에서 손톱만 한
움들이 조심조심 올라오고 있었다
가슴 깊은 곳에서
조용히 터져 나오는 탄성

온몸을 휘감는 이 전율
내 안의 내가 콩 타작마당의 콩처럼
콩콩 콩콩 뛰고 있다
—「재생」전문

　모든 삶과 죽음은 사소한 것일지도 모른다. 사소함의 가운데 삶과 죽음은 이어지고, 죽음은 또 다른 삶으로 전이된다. 여기 말라 죽어버린 수국이 있다. "공사를 하느라 자갈밭에" 옮겨 심었으니 당연한 죽음일지도 모른다. 그러나 조금만 삶에 애정을 가지고 있었다면, 죽음에 무신경한 마음을 조심했더라면 수국은 말라 죽지 않았을 것이다. 이렇듯 삶과 죽음은 작은 것들로부터 시작되고 나뉘기 마련이다. 시인은 이 모든 것들에 애정을 가지고 바라보기를 희망한다. 그리하여 말라 죽은 수국을 바라보며 "지극히 사랑하던 이를" 잃은 듯한 서글픔을 느낀다. 하지만 이때 시인의 감정은 격렬하게 요동치지 않는다. 시인이 느끼는 슬픔은 "쪼그리고 앉아 비쩍 마른 밑동을" 물끄러미 바라보는, 고요한 그리움과 닮아 있다. 그리고 그곳에서 시인은 또 다른 삶의 시작을 발견하며 삶과 죽음이 다르지 않음을 깨닫는다. 그리하여 시인은 "가슴 깊은 곳에서 조용히 터져 나오는 탄성"이자 "온몸을 휘감는 전율"인 삶의 애초를 보며 두근거리는 감정에 사로잡히게 된다. 마지막 순간으로부터 새로운 시작을 바라보는 것! 그것이 바로 조옥엽 시의 핵심이자 힘이다.

조 옥 엽

조옥엽 시인은 전남 구례에서 태어났고, 순천대학교 대학원 국어국
문학과를 졸업하였다. 2010년 계간 『애지』로 등단했으며, 시집으
로는 『지하의 문사』와 『불멸의 그 여자』가 있다.

조옥엽 시인의 세 번째 시집인 『거실에 사는 고래』의 매혹은 아무 것
도 아닌 삶의 순간을 포착하는 데 있다. 그것은 어쩌면 매혹의 반대
지점에 놓인 것들이라 할 수 있지만, 시인은 그것으로부터 미적 감
각을 길어 올린다. 그리하여 무심한 듯 던지는 시인의 시선은 가장
치열한 삶의 한가운데를 관통하며 나아간다. 거실에서 자고 있는 남
편으로부터 시작한 세계는 바다로 이어지며 원형과 맞닿은 세계로
확대되기에 이른다. 잠이라는 사소한 일상과 바다라는 원형적 삶이
이어지며 시적 세계관은 보다 넓은 지평을 갖게 된다.

이메일   chookyup@hanmail.net

조옥엽 시집

거실에 사는 고래

발   행   2023년 10월 15일
지은이   조옥엽
펴낸이   반송림
편집디자인   반송림
펴낸곳   도서출판 지혜, 계간시전문지 애지
기획위원   반경환 이형권
주   소   34624 대전광역시 동구 태전로 57, 2층 도서출판 지혜
전   화   042-625-1140
팩   스   042-627-1140
전자우편   eji@ji-hye.com
           ejisarang@hanmail.net
애지카페   cafe.daum.net/ejiliterature

ISBN   979-11-5728-523-5   03810
값   10,000원

 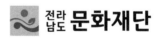

* 이 책은 전라남도, (재)전라남도문화재단의 후원을 받아 발간되었습니다.